HENRY CORREVON

Fleurs et Montagnes

ILLUSTRATIONS DE Mlle ADÈLE CORREVON

GENÈVE	PARIS
FRIEDRICH & DEMARTINES	LIBRAIRIE HORTICOLE DU JARDIN
QUAI DE LA POSTE, 4	RUE DE GRENELLE, 84 *bis*

1902

ET CHEZ L'AUTEUR

2, RUE DANCET, GENÈVE

FLEURS ET MONTAGNES

HENRY CORREVON

Fleurs

et

Montagnes

ILLUSTRATIONS DE Mlle ADÈLE CORREVON

GENÈVE	PARIS
FRIEDRICH & DEMARTINES	**LIBRAIRIE HORTICOLE DU JARDIN**
QUAI DE LA POSTE, 4	RUE DE GRENELLE, 84 *bis*

1902

ET CHEZ L'AUTEUR

2, RUE DANCET, GENÈVE

GENÈVE

IMPRIMERIE W. KÜNDIG & FILS

A ma femme

je dédie ce bouquet de fleurs

des montagnes.

H. C.

31 octobre 1901.

FLEURS DES ALPES

A Miss Willmott.

J'aime les verts gazons d'émeraude et d'opale
Où brillent au soleil les plus vives couleurs,
J'aime le vieux sapin qu'a courbé la rafale
Et sur les hauts rochers l'épais tapis de fleurs.

Dans les gazons serrés j'aime la gentiane
A la coupe d'azur où se mirent les cieux,
La Renoncule d'or et la Valériane,
Et du Rhododendron l'arbuste gracieux.

Au fond des frais vallons j'aime à voir l'Ancolie
A la robe d'azur cachant un cercle d'or,
Vivre comme perdue en sa mélancolie,
Poursuivant loin du bruit son éternel essor.

De sa fleur qui se penche humblement vers la terre
On ne voit que du bleu, le bleu foncé du ciel,
Mais du fond du calice où se cache un mystère
S'échappe en gerbe d'or un rayon de soleil.

J'aime à voir frissonner la tendre Soldanelle
Sous l'air pur et glacé qui descend des sommets ;
De ses sœurs quelquefois la fleur est bien plus belle
Mais sa grâce est cachée en ses plis violets.

L'Edelweiss, douce fleur que chantent les poètes,
Est l'étoile d'argent qui brille dans la nuit,
Solitaire sur l'alpe où règnent les tempêtes
Elle fuit l'indiscret qui partout la poursuit.

Sous le rocher bruni que battent les orages,
Au sommet de nos monts un bijou d'un bleu pur
Resplendit au soleil et sourit aux nuages,
C'est l'*Eritrichium* nain dont la fleur est d'azur.

— Petite fleur du ciel sur la terre oubliée,
Bijou que pour Lui seul semble avoir créé Dieu,
Quand on te voit là-haut tu portes la pensée
A l'éternel auteur de ton vêtement bleu.

Que de fleurs, de parfums sur la montagne en fête,
Que de concerts joyeux s'élèvent au Seigneur
Et combien de bonheurs qui montent de l'arête
Vers le trône de Dieu pour chanter sa grandeur.

— Croissez, fleurs des grands monts sur les
                              [pentes sauvages,
Jetez sur les sommets votre aimable décor,
Rayonnez le bonheur en vos joyeux visages
Et sécrétez le miel pour les papillons d'or.

LE SABOT DE VÉNUS [1]

A Mme Mercier-de Molin.

Vénus, un soir d'été, par l'orage surprise,
Egara dans les bois son riche brodequin,
Broché d'or et de pourpre et dont la forme exquise
Semblait l'œuvre de choix du plus adroit lutin.

Un mortel le trouva qui crut avoir affaire
A quelque précieux et magique trésor ;
Mais dès qu'il l'eut touché de sa main téméraire,
Il vit s'évanouir le petit sabot d'or.

Et voici qu'aussitôt une fleur gracieuse
Poussa, fraîche et brillante au milieu du gazon ;
Et les dieux de chanter la grâce merveilleuse
Que le sabot divin prit en sa floraison.

[1] Cypripedium Calceolus.

GENTIANA VERNA

A mes sœurs.

Il me souvient encor du jour où notre mère,
Nous menant par les monts, les rochers et les bois,
Laissant une Anémone à la gloire éphémère,
Cueillit la fleur d'azur pour la première fois.

Notre bonheur à tous ne saurait se décrire,
Nous étions fascinés par le beau tapis bleu;
Et notre enchantement dut sembler un délire
A ceux qui nous voyaient à genoux dans ce lieu.

Depuis lors, chaque année, alors que la nature
Perle d'or et d'azur les pentes du Jura,
Je porte mon hommage à la fleur qui murmure
L'hymne doux et subtil que notre mère aima.

— Belle étoile, en ta fleur où le ciel se reflète,
J'ai lu comme en un livre un chapitre nouveau,
Et dans l'intensité de ta grâce discrète
J'ai trouvé du bonheur le récit le plus beau !

C'est Dieu qui te sema sur le haut pâturage,
Pour charmer nos printemps, pour égayer nos jours,
C'est Lui qui te plaça comme un divin mirage
Pour étoiler des monts le tapis de velours.

C'est vers Lui que ton hymne, au nom des créatures,
Monte chaque matin sous les feux du soleil ;
C'est pour Lui que scintille en riches émaillures
Ton rubis de saphir qui n'a pas son pareil.

Divin rubis d'azur au cœur pur qui scintille,
Prospère et vis toujours sur le riant coteau
Car partout, fleur du ciel, où ta couronne brille
Elle enfante la joie et luit comme un flambeau.

FLEURS D'ÉTÉ

A Mme Ernest Morel.

Dans les blés l'alouette chante,
Elle élève au sommet des airs
La note gaie et triomphante
De ses admirables concerts.

Dans les blés d'or les fleurs de nielles,
Les bluets, les liserons blancs,
Les pavots et les dauphinelles,
Et les adonis éclatants,

Toutes les fleurs des moissons mûres,
Entonnent leur chant solennel,
Et s'unissent aux créatures
Dont les voix chantent l'Eternel.

Tout ce qui vit redit sa gloire,
Et dans la fraîcheur du matin
Résonne un hymne de victoire
En l'honneur du Dieu souverain.

Je veux répéter ce cantique,
A cet hymne joindre ma voix,
Chanter ton œuvre magnifique,
Eternel, Roi de tous les rois.

AU PAVOT DES ALPES [1]

Au docteur H. Goudet.

Enfant des noirs pierriers qui fleuris sur la pente,
    Au sein des blocs épars,
Bravant les froids autans, la neige, la tourmente
    Et les sombres brouillards,

J'aime à voir au matin briller fraîche et joyeuse
    Ta fleur d'or et d'argent,
A l'ouïr frissonner sur l'arête neigeuse
    Et sous les coups du vent.

[1] Papaver alpinum.

Est-il vrai que ta coupe, au fond de son calice,
> Cache un venin subtil ?
Que ton parfum produit une ivresse factice
> Qui n'est pas sans péril ?

Est-il vrai que ta fleur, perfide enchanteresse,
> Contient dans son encens
Un narcotique obscur qui sait, avec adresse,
> Engourdir tous nos sens ?

Quoi ? de toi sortirait un malfaisant génie ?
> Ce sont de sots dictons !
Non, je t'aime et ne puis croire à ta perfidie,
> Petit pavot des monts.

PYROLA UNIFLORA

A mon ami, le professeur L. Wuarin.

Dans la mousse et sous les sapins
Où se cache ta fleur de cire,
Que de fois j'accordai ma lyre
Pour chanter tes charmes divins !

De ta large corolle blanche,
Le parfum grise mon cerveau ;
Et je lis un chant tout nouveau
Dans le sein de ta fleur qui penche.

Reste au fond de tes bois épais,
Fleur des monts, Pyrole uniflore,
Afin que nul ne te déflore
Et ne vienne troubler ta paix.

AU BOULEAU NAIN [1]

A mon ami Ernest Aubert.

Du grand bouleau, tu n'as pas la prestance,
Du fier rosier tu n'as pas les couleurs,
Et le passant, avec indifférence,
Foule un rameau que n'ornent pas des fleurs.

Enfant du Nord, perdu dans nos parages,
Tu luttes seul contre l'adversité ;
Nul n'a songé, dans les sombres orages,
A protéger ta fragile beauté.

L'homme a fauché l'herbe qui te vit naître,
Il a coupé le bois qui t'ombrageait ;
Il a creusé le sol dont il est maître
Et que, jadis, ton manteau recouvrait.

[1] Betula nana.

Petit Bouleau, chez nous tu fus à l'aise,
Au temps où l'homme était hospitalier ;
Mais, aujourd'hui, tu n'as rien qui lui plaise,
Il faut l'utile à ce siècle d'acier.

Le flot humain passe sans te comprendre,
Il ne voit pas ton léger rameau vert,
Et nul ne songe, hélas, à faire entendre
Un chant pour toi sous ce grand ciel ouvert.

Et tu t'enfuis avec la fée antique,
Avec le sylphe, avec le gai lutin ;
Car le poète entend seul ton cantique,
Seule, la nymphe arrose ton jardin.

Eh ! bien, je veux au moins te rendre un culte,
Je veux aller sur nos monts te chercher,
Je veux bâtir dans le marais inculte
Un abri sûr où je veux te cacher.

Ne quitte pas le sol de nos montagnes,
Il est chez nous des cœurs qui t'ont compris ;
Il est des lieux dans nos vertes campagnes
Pour abriter tes rameaux amaigris.

LA SOLDANELLE

A Mlle Laure Martine.

Saluez sur nos monts la pâle soldanelle,
Cueillez avec amour la fleur des champs neigeux.
Admirez sa corolle au rebord de dentelle,
Sa robe d'améthyste et ses reflets soyeux.

Vers le sol tout glacé sa clochette se penche,
Le blanc névé qui fond la retient sur son seuil,
Elle paraît trembler aux bruits de l'avalanche,
Et des bonheurs défunts porter un sombre deuil.

L'histoire de sa race est l'histoire du monde :
Quand la terre était vierge et que l'homme était pur,
Sa fleur était brillante et projetait, féconde,
Ses rayons lumineux jusqu'au fond de l'azur.

Mais quand l'homme eut perdu, sous de cruels orages,
L'innocence d'antan, qu'il devint vicieux,
Les lutins protecteurs quittèrent ces parages,
Les êtres bienfaisants remontèrent aux cieux.

Depuis lors, sur les monts, c'en est fait de la joie,
Le berger n'y sait plus chanter quand vient le soir,
Souvent l'esprit du mal y ravage et guerroie,
Répandant le malheur, semant le désespoir.

La douce fleur a pris un voile de tristesse,
Sa robe, dès ce jour, a changé sa couleur,
Elle paraît plier sous le poids qui l'oppresse
Ne confiant qu'au sol l'excès de sa douleur.

Sa coupe tristement vers la terre est penchée,
Elle paraît subir les maux dont nous souffrons,
Son antique vigueur est à jamais fauchée
Par le vent du malheur qui courbe aussi nos fronts.

Un jour j'ai découvert en sa coupe légère
Un poème discret que nul n'a répété,
C'est un chant grave et doux, l'hymne de la prière
Qu'adresse au Créateur la pauvre humanité.

Sous la brise du Nord elle courbait la tête,
Sa cloche en frissonnant sonnait comme un airain ;
Au travers des accents de sa voix inquiète
J'entendis clairement les cris du genre humain.

— Soldanelle des monts, quand verrons-nous ta tige
Envoyer vers le ciel ton sourire de fleur ?
Qui pourra, de ta coupe, éloigner tout vestige
Et jusqu'au souvenir des heures de douleur ?

Eh quoi ! n'as-tu pas vu le ciel plein de lumière,
Le soleil plein de feu dans l'azur rayonnant,
Ne sais-tu pas qu'au fond de sa triste chaumière,
Le plus humble berger peut s'endormir content !

Ne sais-tu pas que Dieu racheta la Nature,
Qu'Il permit aux humains d'aspirer au bonheur,
Que, malgré le péché, l'homme est sa créature,
Et qu'un jour il pourra s'unir au Dieu-Sauveur ?

Redresse donc la tête au sein de tes compagnes,
Regarde le ciel bleu, jouis du soleil d'or,
Retrouve ta gaîté sur les vertes montagnes,
Et vers le ciel brillant reprends ton libre essor.

LINNÆA BOREALIS

A Mlles E. et J. Freundler.

Sur les flancs de nos monts, il est une fleurette
    Au suave parfum
Qui fuit l'éclat du jour, dérobant sa clochette
    Aux yeux de l'importun.

Sa patrie est au loin, sous un ciel plus sévère,
    Près des glaces du Nord,
Et nos torrents ont vu la charmante étrangère
    Croître aussi sur leur bord.

Ses jolis rameaux verts s'étalent sur la mousse
    De nos vallons alpins,
Formant près des vieux troncs sous lesquels elle
    Le plus beau des jardins. [pousse

Il semble qu'un reflet d'aurore boréale,
A survivre obstiné,
S'attarde et se mélange à la couleur d'opale
De la fleur de Linné.

LE CISTE BLANC

Sur l'aride rocher battu de la tempête
Où l'on entend gémir l'âpre cri des vautours,
Sur les bords désolés que l'Océan maltraite
Et que le sombre flot ronge et ronge toujours,

J'ai vu surgir du roc, au pied du mâquis sombre,
Des fleurs d'aspect divin au regard souriant,
Des fleurs de nacre et d'or s'étalant en grand nombre
En un bouquet léger au port insouciant.

C'était, quand au matin l'horizon se colore,
Sous les tout premiers feux des rayons du soleil :
De légers flocons blancs souriaient à l'aurore,
Et le buisson brillait d'un éclat sans pareil.

Sous le soleil ardent la fleur était parée
D'un brillant vêtement s'étalant sous les cieux,
Mais vers la fin du jour quand revint la marée
La brise avait fauché ses atours gracieux.

Sa gloire avait passé; sur cette froide plage,
Au coucher du soleil je la vis, frissonnant,
Car sur le roc aride où le mistral fait rage
Elle ne peut lutter, la fleur du ciste blanc.

— Douce fleur, tu nous dis par ta gloire éphémère
Que l'astre rayonnant disparaîtra demain,
Que les plus beaux attraits retournent à la terre
Qu'ici-bas la beauté n'est qu'un don incertain.

Sous l'azur du Midi ta belle fleur rayonne,
Mais c'est pour un instant car bientôt vient le soir,
Mais demain, tu le sais, renaîtra ta couronne
Plus riche et plus brillante, et tu vis par l'espoir.

PLUS DE FLEURS

A Ernest Morel.

Dans la nature tout s'endort,
Tout repose et tout se recueille;
Un pressentiment de la mort
Agite la tremblante feuille.

Le soleil est pâle et voilé,
Le brouillard s'étend sur la plaine,
Et, sur le mont déjà gelé,
L'ouragan d'hiver se promène.

Triste et morose, mon jardin
S'engourdit et se décolore,
Et mon âme, chaque matin,
Hume un parfum qui s'évapore.

DANS LES EAUX D'YVERDON

A Ernest Correvon.

J'ai voulu parcourir les lieux où mon enfance
A vu surgir de l'eau des atours éclatants,
J'ai désiré revoir les fleurs dont l'existence
Avait charmé les jours de mes jeunes printemps.

Sur les rives du lac où, dans les jours antiques,
Croissait l'Hydrocharide à la fleur de satin,
La belle Sagittaire aux formes héraldiques,
La gracieuse Hottone au délicat dessin,

On ne voit aujourd'hui que sable et que poussière,
Qu'anime par endroits un maigre et court gazon,
De quoi fournir à peine une faible litière
Et quelque pâturage à l'arrière-saison.

En vain j'ai recherché dans leurs anciennes places
L'Ophioglosse charnu, le Nénuphar vermeil;
J'ai vainement fouillé pour retrouver leurs traces
L'ancien marais que brûle aujourd'hui le soleil.

J'ai questionné les eaux, les canaux et les rives,
Les flaques, les étangs, j'ai sondé les fossés;
Mais vain fut mon effort, sans fruits mes tentatives :
Il faut chercher ces fleurs parmi les trépassés.

Plus d'Orchis des marais aux tiges élancées,
Plus d'Hottone lilas, plus de flèche des eaux;
Des belles qu'autrefois mes yeux ont caressées,
Il ne reste aujourd'hui qu'un peuple de roseaux.

Ce siècle utilitaire a sapé par sa base
Tout ce monde riant qui jadis éclairait
De son reflet brillant les tourbes et la vase
Et donnait des couleurs à ce sombre marais.

Le progrès niveleur a fauché la prairie,
Et les fleurs ont péri, rien n'a pu les sauver.
La Muse a fui ces bords et se cache, meurtrie,
En quelque antre perdu que je n'ai su trouver.

Oh ! pleurez avec moi, vous qui de ces contrées
Avez cueilli les fleurs dans leur belle saison ;
Déplorez avec moi de ces plantes sacrées
La perte à tout jamais dans les eaux d'Yverdon.

LE COLCHIQUE

A Mme Berkeley.

— J'aime à te voir, doux colchique d'automne,
Dernière fleur avant l'âpre saison;
Ta coupe fraîche au vent du Nord frissonne
Dans les prés verts où tu crois à foison.

Sous le brouillard qui souvent t'accompagne,
Ressort plus pure et vive ta beauté;
D'un drap léger tu couvres la campagne
Pour égayer sa triste nudité.

HAIES D'HIVER

A Mme C. S.

Dans la nature tout repose,
Tout se recueille et tout s'endort,
On ne voit plus la moindre Rose
Sourire sous le ciel de mort.

Le cœur meurtri, j'erre en détresse
Dans le vallon privé de fleurs,
Et je promène ma tristesse
Au sein des taillis sans couleurs.

Mais voilà, par-dessus la haie,
Comme un génie ardent, nouveau,
C'est la nature qui s'égaie
Dans les rameaux d'un arbrisseau.

L'églantine enferme ses graines
En de rouges cynorrhodons
Et le troëne a des centaines
De jais noirs qu'il dresse en guidons.

Et plus loin le fusain d'Europe
Montre ses fruits d'aspect charmant;
Dans une carmine enveloppe,
Il met ses grains d'un rouge ardent.

L'aubépine exhibe avec joie
Ses rameaux couverts de rubis;
Dans le brouillard elle flamboie
Et produit des effets exquis.

Plus loin ce sont d'autres merveilles
S'étalant sur d'autres rameaux,
Des fruits noirs, des branches vermeilles
Qui luisent comme des flambeaux.

Non, ces jours ne sont pas moroses
Et je les vois venir sans peur,
Car l'hiver même offre des roses
A qui sait chercher le bonheur.

LA ROSE DE NOËL [1]

A Mme Bianca Balli.

Sur les flancs escarpés du riant Salvatore
  Et sous l'âpre frimas
De l'hiver, j'ai trouvé la neigeuse Hellébore
  S'étalant sous mes pas.

Sa fleur cherchait abri sous le sombre feuillage
  Bronzé par les autans,
Et dans son pâle éclat on pressentait le gage
  Des beaux jours du printemps.

Oh! rose de Noël qui fleuris sous la glace
  Pendant les jours mauvais,
Dis-moi comment tu fais pour demeurer vivace
  Sous les brouillards épais.

[1] Helleborus niger.

Dis-moi d'où tu reçus la douce quiétude
  Que je lis sur ton front,
Dis-moi qui t'a donné la ferme certitude
  Que les beaux jours viendront.

Je voudrais comme toi garder l'âme sereine
  Dans les jours de malheur,
Et quand survient le deuil et la lutte et la peine
  Toujours croire au bonheur.

Pâle soleil d'hiver qui fleuris l'Hellébore
  Au matin de Noël,
Viens chasser mes brouillards et puisse ton aurore
  Toujours luire en mon ciel.

LA DRYADE [1]

A ma petite cousine
Lilian Darier.

Nymphe des monts, blanche et légère,
Coupe de nacre au centre d'or,
Dryade au merveilleux décor,
Je te salue et te révère.

Trésor d'amour, trésor de grâce,
De candeur, de simplicité,
Ta fleur chante la pureté
Et la chasteté de ta race.

[1] Dryas octopetala.

Gracieuse, pâle et candide
Elle entr'ouvre aux feux du matin
Sa blanche coupe de satin
Et sa robe au décor splendide.

Salut, fleur que la Providence
Permet à l'homme de cueillir,
Puisse de toi sur lui jaillir
Une étincelle d'innocence.

LE DAPHNÉ DU MARCHAIRUZ[1]

A Mlle Nancy Coulin.

Là-haut, près du ciel, au sein de l'alpage,
Dans les blancs rochers du Jura vaudois,
Le doux Thymélée à la fleur en croix
Parfume et bénit tout son voisinage.

Là-haut, tout le long de l'agreste crête,
Sa fleur incarnat chante nuit et jour
Sous le gai soleil sa chanson d'amour
En sa mélodie austère et discrète.

Là-haut, loin du bruit, loin des cris du monde,
Il s'étale heureux sous un ciel bien clair,
Et sa fleur suave aux couleurs de chair
Jette son encens partout comme une onde.

[1] Daphne Cneorum.

Là-haut, ombragé par les grands sapins,
Le brillant Daphné coule en paix sa vie,
Et quand je le vois il me prend envie
De vivre avec lui, loin des grands chemins ;

De vivre là-haut, par-dessus la nue,
Près des grands sommets, dans l'air lumineux,
Loin des chants moqueurs et des cris haineux,
Dans la douce paix, du monde inconnue.

Là-haut, je voudrais transporter ma tente,
Vivre à tout jamais calme, près des cieux,
Servir le Seigneur d'un cœur plus joyeux
Près du Thymélée à la fleur ardente.

LES ORCHIS

Humbles Orchis des champs qui semez sur la terre
Les parfums délicats dont vos cœurs sont remplis,
Que de bonheurs cachés au fond de votre aiguière,
Que d'art et que de grâce en vos nombreux replis.

Vous êtes les rubis de la verte prairie,
Emaillant les gazons de leurs multiples feux ;
Et du fond des grands bois, votre gerbe fleurie
Prodigue son encens qui monte vers les cieux.

Vous n'avez, il est vrai, de vos sœurs exotiques,
Ni les riches tissus ni les atours brillants
Rien en vous ne revêt leurs formes excentriques,
De vous ne sortent pas des parfums enivrants.

4

Modestes, vous cachez vos grâces dans les herbes,
Ou sous l'épais taillis, parmi les autres fleurs ;
Et dans votre retraite on ne voit point, superbes,
Vos épis s'élever pour dominer vos sœurs.

Mais, dans le fond obscur de vos humbles corolles,
Vous serrez vos parfums et votre miel si doux ;
Et la nymphe des bois au temps des lucioles
Aime à rêver le soir, assise auprès de vous.

L'ANÉMONE D'OR [1]

A Mme et M. Mark E. Collet.

Sur le bord du chemin qui longe la mer bleue,
Au pied des bois tout pleins d'airs odoriférants,
Du rivage distant à peine d'une lieue,
Un coin charmant retient les plus indifférents.

C'est un lieu verdoyant qu'anime un banc de mousse,
Où le torrent murmure un hymne solennel,
D'où la vigne s'étend, par une pente douce,
Jusqu'au pied du coteau qui monte vers le ciel.

Un matin de printemps, l'âme enthousiasmée,
J'y saluai, dans un élan doux et joyeux,
L'Anémone à fleur d'or, à la feuille palmée
Dont la masse formait un tableau glorieux.

[1] Anemone palmata.

Brillante, elle étalait au grand air ses merveilles,
Souriant au soleil en ce jour de printemps ;
La Muse errait autour de ses fleurs sans pareilles,
Chantant l'œuvre de Dieu sous les cieux éclatants.

— Anémone au cœur d'or, au brillant diadème,
Bien souvent depuis lors mon cœur s'envole à toi ;
Et sous le ciel de glace où j'écris ce poème,
Hanté par ce tableau, j'éprouve un doux émoi.

FLEURS DU TESSIN

A Mme Francesco Balli.

Des fleurs de votre envoi nous avons fait des gerbes
Dont le brillant éclat a fasciné nos yeux,
Car leurs parfums exquis et leurs formes superbes
Ont grisé tous nos sens. Mais, pour combler nos vœux,

Oh! vous qui nous aimez, prêtez-nous donc des ailes
Pour voler au pays où le flot est plus pur,
Où, sous un ciel serein, les fleurs sont éternelles,
Où vous vous enivrez de soleil et d'azur.

LE JARDIN DU PETIT-St-BERNARD [1]

Au Rév. P. Chanoux,

Recteur de l'Hospice.

Salut à toi, vieil ermitage,
Asile de paix et de foi,
Qui, par amour, brave l'orage,
O Saint-Bernard, honneur à toi !

Près de toi la roche est fleurie ;
A tes pieds, comme des rubis
Etoilant la verte prairie,
Brillent les fleurs du Paradis.

[1] Vers lus à l'inauguration du jardin de la Chanousia, au Petit-St-Bernard, le 29 juillet 1897.

— Fleurs des cieux brillant sur la terre,
Vrais bijoux rayonnant partout,
Vous nous parlez d'un tendre Père
Qui vous sema là-haut pour nous.

Le créateur de toutes choses
A planté sur les monts d'azur
Des jardins que Lui seul arrose,
Vrais autels d'où monté un nard pur.

Fleurs célestes, nous voulons rendre
Un culte à Dieu qui vous créa,
Et sur ces sommets, faire entendre
Un solennel *Alleluia*.

Sur ces collines verdoyantes,
Au pied du torrent qui mugit,
Nous planterons de fleurs brillantes
Ce jardin qu'on fonde aujourd'hui.

Des Apennins aux Pyrénées,
Des Balkans à l'Himalaya,
Du Nord au Sud, fleurs bien-aimées,
Accourez à la Chanousia.

Et sous l'égide tutélaire
De votre protecteur Chanoux,
Vivez en paix, car, pour vous plaire,
Il vous rend son culte à genoux.

Vivez, fleurissez, portez graine,
Elevez vos fronts vers le ciel,
Et, loin des vains bruits de la plaine,
Répétez votre hymne éternel.

LE VIEIL AROLE

A mon frère.

L'avez-vous connu, cet antique arole,
Cèdre du désert au bord d'un glacier,
Qui plus d'une fois servit de boussole
Au grimpeur errant loin de tout sentier.

Avez-vous jamais, sous son dôme auguste,
Fouillé les secrets de l'antique pin,
Mesuré des yeux l'écorce robuste
Et compté les ans du colosse alpin ?

Quand venait l'hiver, sa verdure austère
Annonçait la vie au sein de la mort ;
On aimait alors à voir, solitaire,
Le Pin noir dressé comme un château-fort.

Il avait connu la sombre tempête,
Résisté, superbe, aux plus durs assauts ;
Depuis bien longtemps c'était la retraite
Et le toit commun de milliers d'oiseaux.

Aujourd'hui sa place est vide, et dans l'ombre
On entend gémir la voix des lutins.
Et dans les rochers, par des cris sans nombre
Quelque vieux corbeau maudit les humains.

Pleurez avec lui le cèdre des nues
Que n'épargna pas le cruel destin ;
Désormais, là-haut, les roches sont nues
Et la mort avide y fait son festin.

Celui que n'a pu détruire l'orage
Et qu'ont respecté les foudres du ciel,
Par la rude main d'un pâtre sauvage
Est couché sans vie et dort sans réveil.

La hache a coupé le royal colosse,
Elle a mutilé le pin du rocher;
Mais l'arbre, en tombant, a creusé la fosse
Qui sera demain celle du berger.

LES ARBRES

A mon ami, le Dr G. Piccinelli.

Je voudrais rassembler tous les arbres du monde
En un parc merveilleux,
Les planter en priant que leur sève féconde
Les porjât jusqu'aux cieux.

Que l'arbre, en s'élevant, emporte de la terre
Vers les cieux éclatants,
De cette humanité la suprême prière
Et les vœux suppliants.

Croissez arbres aimés et verdissez les pentes
De nos monts ravagés ;
L'esprit des hauts sommets dans les grandes
Saura vous protéger.   [tourmentes

Escaladez les rocs, grimpez à la montagne
    Et couvrez le pays;
Qu'on admire partout dans la vaste campagne
    Vos feuillages exquis.

De vos bras étalés bénissez la patrie
    Qu'avec vous nous aimons,
Fécondez à jamais cette terre chérie
    Et protégez nos monts.

L'ÉRABLE DE TRONS

A M. J. Coaz, le protecteur de
nos arbres historiques.

De la chapelle blanche où jadis fut jurée,
    La ligue des Grisons,
L'antique érable vert bénissait la contrée,
    Au chant des oraisons.

Son dôme grandiose ombrageait la chapelle,
    Et dans son tronc rugueux,
Un patriote avait, en son amour fidèle,
    Inscrit des vers pieux.

A son ombre autrefois les Rhétiens jurèrent
    De vivre librement,
De s'entr'aider toujours, d'être un peuple de frères,
    Servant Dieu seulement.

Il avait abrité des cohortes de braves
        Pendant quatre cents ans ;
A son ombre ont passé les Français et les Slaves,
        Vaincus ou conquérants.

Sous son dôme a chanté de bonheur et de joie
        Le peuple Rhétien,
Lorsque le drapeau rouge à la croix qui flamboie
        Est devenu le sien.

Or, l'âge a décimé l'antique et cher érable ;
        Mais, avant de mourir,
Il jeta dans le sol la semence capable
        D'assurer l'avenir.

L'arbre mort revivra dans le dôme robuste
        Qui naquit de son sein,
Et dont le tronc déjà dresse sa taille auguste
        Sur le bord du chemin.

LES PLAISIRS D'UN ALPINISTE [1]

Au Club alpin suisse.

Oh ! laissez-moi courir sur les monts, sur les cimes,
Escalader les rocs, gravir les hauts sommets,
Contempler de bien haut, penché sur les abîmes,
Les paisibles troupeaux sur l'herbe parsemés,

Vivre au sein de l'azur tout rempli de lumière,
Sur les sommets glacés respirer l'air du ciel,
Cueillir la soldanelle et l'humble primevère,
M'enivrer de parfums, d'ambroisie et de miel.

Que me font vos plaisirs, vos fêtes les plus belles ?
Mon cœur, né pour la vie, y rencontre la mort ;
Il lui faut la blancheur des neiges éternelles,
Il lui faut l'air du ciel qui maintient pur et fort.

[1] Réponse à une invitation citadine.

Gardez de nos cités pour vous les jouissances,
Tout autrement que vous je conçois le bonheur;
Le monde après la joie offre trop de souffrances,
Il ne peut satisfaire aux besoins de mon cœur.

Fatigué de la vie et de tous ses mensonges,
Souvent sur les sommets j'ai besoin de m'asseoir,
Et là, plus près du ciel, emporté par mes songes,
Je retrouve la paix, le bonheur et l'espoir.

                              [sombre,
Là-haut tout est serein quand en bas tout est
Au souffle du glacier le cœur devient plus pur,
Et les maux qui, sur l'homme, arrivent en grand
                              [nombre,
Deviennent impuissants sur les cimes d'azur.

Car l'alpe est près du ciel et son air vivifie,
Elle assoupit les maux et guérit les douleurs,
Elle élève, ennoblit, transforme et fortifie,
Elle fait oublier les chagrins et les pleurs.

Laissez-moi donc aller chercher sur les montagnes
Le bonheur simple et vrai qui s'enfuit des cités,
Me griser de l'air pur qui monte des campagnes,
De l'alpe grande et noble aspirer les beautés.

Et là, près de Celui qui créa la nature,
Etudier son œuvre et voir sa main dans tout,
Dans la fleur qui parfume et dans l'eau qui mur-
                                    [mure,
Dans l'insecte et l'oiseau qui voltigent partout.

L'alpe et ses hauts rochers sont ma joie et ma vie,
Le pâturage herbeux suffit à mes plaisirs ;
De vos grands festivals rien ne me fait envie,
Il me faut les grands monts pour combler mes
                                    [désirs.

LE GLACIER D'ALETSCH

A Mme L. Tyndall.

Vous l'avez entendu gronder comme un tonnerre;
Dans la nuit orageuse a retenti, soudain,
Sa grande voix sonore et pleine de mystère
Qui semblait s'échapper d'un antre souterrain.

Quand l'Aletsch a brisé quelqu'une de ses vagues,
Quand il a fissuré son long corps sinueux,
Les démons du glacier ont agité leurs dagues,
Menaçant à la fois et la terre et les cieux.

Cette stridente voix a traversé l'espace
Et Belalp a frémi comme aux cris de l'enfer,
La mort semblait errer sur sa large terrasse
Et sur les monts planait comme un spectre de fer.

Mais bientôt vous avez pu voir sur la nuée
L'arc lumineux paraître au sein du ciel plus pur ;
Et quand eut disparu la dernière buée,
Calme et grand le glacier reprenait son azur.

Dans notre vie ainsi quand grondent les tempêtes
Et que de tous côtés le ciel est menaçant,
Le gai soleil bientôt vient luire sur nos têtes,
Nous apportant de Dieu le secours tout puissant.

Après les sombres jours vient l'heure de la joie,
Il n'est pas de douleur qui n'ait son lendemain,
Et l'orage que Dieu quelquefois nous envoie
Assainit l'atmosphère et le rend plus serein.

ASCENSIONS D'HIVER

A mon fils René.

Montons sur les sommets, car ici, dans la plaine,
Les fleurs ont disparu, la forêt dépérit ;
L'hiver est là, glaçant, et de sa froide haleine,
Il enserre nos cœurs qu'il tourmente et flétrit.

Là-haut tout est serein, tout est joie et lumière,
Tandis qu'en nos cités dominent les frimas ;
Là-haut c'est le soleil rayonnant sur la terre,
Quand ici les brouillards ralentissent nos pas.

Clairs et purs, les sommets sur l'azur se profilent,
Au ciel ils vont porter les pleurs du genre humain,
Aux pieds du Créateur leurs contingents défilent
Comme d'humbles soldats devant leur souverain.

Sur le manteau glacé qui recouvre les cimes,
Parfois on voit courir les esprits des grands monts,
Sylphes et gais lutins qui gardent les abîmes,
Protégeant les humains contre les noirs démons.

Quand l'hiver a rendu nos alpes solitaires,
Quelque fée apparaît à l'âtre des chalets,
La muse s'établit sous les pins séculaires,
L'air est plein de mystère et de soupirs discrets.

Et le soir, quand le vent rugit sur la montagne,
Dans le vallon blanchi, le pâtre, autour du feu,
Répète les chansons que son luth accompagne
Ou conte à ses enfants les légendes du lieu.

LE CERVIN

A mon fils Fernand.

Qu'il est beau, le Cervin, lorsque, dans la nuit sombre,
Aux lueurs du croissant sa tête resplendit,
Quand à ses pieds tout dort et repose dans l'ombre,
Quand sur le ciel obscur son sommet seul reluit.

Calme et majestueux, il sonde les abîmes
Où son front inquiet semble vouloir plonger,
Comme pour y chercher de nouvelles victimes
Où son orgueil blessé puisse encor se venger.

Ce sinistre tyran qui jette l'avalanche
Paraît toujours vouloir écraser de son poids
Zermatt et ses bazars, le Breuil et Valtournanche,
Et les réduire en poudre au pied de ses parois.

Monstre noir et maudit, mais quelle est la puissance
Qui force le grimpeur à courir sur ton flanc,
Et quel est le pouvoir qui tous nous influence
Malgré tes airs sournois à marcher en avant?

Dis pourquoi je ne puis contempler tes arêtes
Sans m'éprendre pour toi de vive passion,
Pourquoi, malgré ta rage et tes sombres tempêtes,
Je demeure à tes pieds plein d'admiration.

Qu'as-tu donc, vieux Cervin, qui fascine mon âme,
D'où te vient le pouvoir qui grise mon cerveau,
Et quel est le foyer d'où rayonne la flamme
Qui brûle dans mon cœur quand je te vois si beau?

HEUREUSE SUISSE

A mon fils Arnold.

Beau pays de nos pères,
Douce terre d'amour,
Sur tes cités prospères
Dieu veille nuit et jour.

Il féconde nos plaines,
Il fleurit nos jardins ;
Ses anges se promènent
Sur nos sommets alpins.

Nos lacs à l'onde pure
Reflètent les grands monts
Et la riche verdure
Des bois noirs et profonds.

Suisse à jamais bénie
Sois fidèle au Dieu fort,
Car c'est ton bon génie
Qui jamais ne s'endort.

C'est lui que nos ancêtres
Ont choisi pour leur roi,
Repoussant d'autres maîtres,
N'acceptant que sa loi.

Concitoyens et frères,
Conservons ses autels ;
Que, construits par nos pères,
Ils restent éternels.

MON LAC [1]

A mon ami Numa Brauen.

Je t'aime, ô mon vieux lac; j'aime tes flots sévères
    Et tes sombres couleurs;
Je t'aime en tes beaux jours, je t'aime en tes colères,
    Dans tes ris ou tes pleurs.

J'aime tes vieux castels et leurs donjons antiques
    Défiant les autans;
J'aime de tes cités les vieux clochers rustiques
    Patinés par les ans.

Estavayer, Grandson, Vaumarcus, Corcelette
    Neuchâtel, Auvernier,
Autant de noms bénis du peintre et du poète,
    Chéris du romancier.

[1] Le Lac de Neuchâtel.

Les coteaux merveilleux qui penchent vers ta rive
Ont des voix d'autrefois
Et cet accent vibrant qui pénètre et captive
Toute âme de Vaudois.

J'aime tes bords abrupts échancrés par la vague,
Tes joncs et tes roseaux,
Tes grèves dont la voix jette une note vague
Sous la rage des eaux.

J'aime à voir se dresser ton blanc front d'alpes sveltes
Qui montent dans l'azur ;
Au pied de tes menhirs j'aime à rêver aux Celtes,
Au Druide au rite obscur.

Ta couronne, ce sont tes villages prospères,
Tes antiques cités,
Les vieux murs crénelés qu'ont élevés nos pères,
D'ineffables beautés.

Tes rives ont connu les grands faits de l'histoire
De mon pays romand ;
Elles ont répété les accents de victoire
Des fiers Suisses d'antan.

Ton génie a laissé son cachet sur ma vie,
        Il a fondé ma foi ;
Si tout mon cœur se donne à la vieille patrie
        O lac, c'est grâce à toi.

Que la foule s'en aille aux lieux qu'elle préfère,
        A des lacs plus riants ;
Je te reviens toujours comme un fils à sa mère
        Moi qui comprends tes chants.

Conserve à tout jamais les douces mélodies
        Qu'ont ouï nos aïeux ;
Que tes bancs de roseaux gardent leurs psalmodies
        Et leurs accents pieux.

SOUVENIRS VALDOTAINS

D'Ivrée à Courmayeur, de la Doire aux montagnes,
Partout, dans ce pays doré par le soleil,
Le rocher noir surgit des plus vertes campagnes
Et porte à son sommet quelque antique castel.

Ces donjons respectés par l'âge et par la guerre,
Pathétiques témoins des âges disparus,
Ces vieux murs crénelés que recouvre le lierre
En rêve, ce matin, devant moi sont venus :

Les Salasses d'abord, puis Rome et ses milices,
Les temples de ses dieux, les tours de ses soldats,
Les aqueducs courant au bord des précipices,
Les riches monuments votés par ses sénats ;

J'ai revu l'arc superbe où le divin Auguste
A gravé son orgueil de général vainqueur ;
D'Aoste les lourds remparts et la porte robuste
Où veillait le soldat au sourire moqueur ;

Le théâtre romain, vieux colosse aux murs sombres,
Dressant sur le chemin son profil imposant :
Il surgit fièrement du sein des vils décombres
Et nargue avec dédain celui du temps présent.

J'ai revu de Carthage Annibal et ses hordes
Inscrivant leurs grands noms au rocher de Donnas ;
J'ai vu le moyen âge et ses sombres discordes
Et tous ses vieux manoirs que l'orgueil blasonna.

Castels flanqués de tours aux créneaux séculaires,
Donjons, mâchicoulis, préaux et vieux fossés
Qui recèlent encor des êtres légendaires,
Vétérans tout remplis des noms des trépassés.

Longtemps j'ai contemplé leurs ogives gothiques
Et, seul, j'errai partout au sein des murs noircis ;
J'ai bercé mes esprits à leurs accords mystiques
Et près de l'âtre éteint me suis longtemps assis.

Oh! vieux restes d'un âge où régnait le mystère,
Où la Muse habitait au foyer des châteaux,
Où le barde chantait les chansons du trouvère,
Où, sous le vieil ormeau, dansaient les jouvenceaux :

Doux rêve aux ailes d'or, pourquoi t'enfuir si vite,
Pourquoi le dur réveil après l'illusion ?
A ces vieux souvenirs mon cœur encor palpite
Et mon esprit charmé bénit la vision.

A O'THON DE GRANDSON

A ma vieille amie,
Mlle Marie de Gingins-La Sarraz.

Toi dont le luth brisé parle encor à mon âme
En des accents émus qui grisent mon cerveau,
Sois chanté par mes vers et que ma lyre acclame
Ton nom qui fut l'honneur des troubadours de Vaud !

Au pied du vieux manoir aux longs échos plaintifs
Tes ballades d'amour ont traversé les âges ;
On les entend, parfois, dans les légers feuillages
Que hante ta grande ombre en des soupirs furtifs.

Othon, j'aime tes chants et j'aime ta noblesse ;
Tu n'adoras jamais l'astre montant aux cieux,
Quand d'autres acclamaient la parvenue Altesse,
Toi, tu restas fidèle aux serments des aïeux.

Enlacé de complots, trompé par les intrigues,
Je te vois libre et fier sur ton roc de Grandson ;
Et quand vingt grands seigneurs contre ton sang
                                    [se liguent,
Tranquille avec ton luth, tu redis tes chansons.

Nul ne connaît ton nom dans la foule houleuse
Qui passe au pied des murs témoins de tes douleurs ;
Seul, quelque esprit poussé par la muse amoureuse
S'attarde à ton tombeau pour y verser des pleurs.

Parfois je vois surgir au milieu d'un doux rêve
Ton profil noble et beau sur le champ bleu des flots ;
Ou bien j'entends monter de la plaintive grève
Des accents pénétrants, gais refrains ou sanglots.

Car, je t'aime, ô poète, et je veux faire entendre
Que tu fus le premier de nos bardes vaudois ;
Que nul avant tes vers ne chanta l'amour tendre,
Que nul n'a célébré notre sol avant toi.

Nul avant toi n'avait, sur la terre romande,
Rimé de doux accords au grand air du ciel bleu ;
Nul n'avait cultivé les vers et la légende,
Nul n'avait su chanter pour déclarer son feu.

A toi donc, ô poète, à toi dont les complaintes
Ont remué mon cœur et charmé mon esprit,
A toi de verts lauriers, à toi des hymnes saintes :
Que ton nom, sur le roc, soit pour toujours inscrit.

L'ANGELUS

A Miss Jekyll.

L'ombre du soir descend là-bas dans la vallée,
Les voiles de la nuit vont couvrir le ravin ;
Déjà brillent les feux dans la voûte étoilée,
Et l'*Angelus* du soir sonne au clocher voisin.

Seul, assis près du porche au soliveau rustique,
J'écoute les doux sons de la cloche du soir ;
Et mon esprit, bercé par cette voix mystique,
A la porte du ciel un instant va s'asseoir.

Le prêtre, dans l'église, a dit une prière
Que le peuple répète en des élans pieux ;
Et moi, je veux aussi la dire à ma manière
Et prier le Seigneur qui règne dans les cieux.

Dans le calme du soir s'élève ce murmure,
Qui bientôt va se perdre aux flancs des grands rochers ;
L'homme fait place à Dieu, l'immortelle nature
Semble vouloir vers moi, dans la nuit, s'épancher.

Soudain, du haut des monts éclate l'harmonie
D'un chant mélodieux qui s'élève au Seigneur ;
C'est le cor du berger qui, là-haut, chante et prie,
L'*Angelus* que le pâtre adresse au Créateur.

Tels, dit-on, les Vaudois dans leurs vallons austères,
Chaque soir, vers le ciel, élèvent leurs doux chants
Et d'alpage en alpage adressent leurs prières
A Celui qui bénit leurs travaux et leurs champs.

L'*Angelus* des Vaudois, chant de reconnaissance,
Est le cri de ce peuple au Dieu qui le sauva ;
De Prale à Pignerol, des chalets il s'élance
Harmonieux et pur aux pieds de Jéhova.

[montagnes,
Bien souvent, dans mon cœur, franchissant les
Je chantais l'hymne saint du peuple laboureur,
Et je rêvais d'aller habiter ces campagnes
Où l'homme chante et prie après le dur labeur.

Et c'est pourquoi, ce soir, au fond du Valtournanche,
Le pâtre a fait vibrer les cordes de mon cœur ;
Son cor mélodieux, tout près de l'avalanche,
Répète l'*Angelus* qu'il présente au Seigneur.

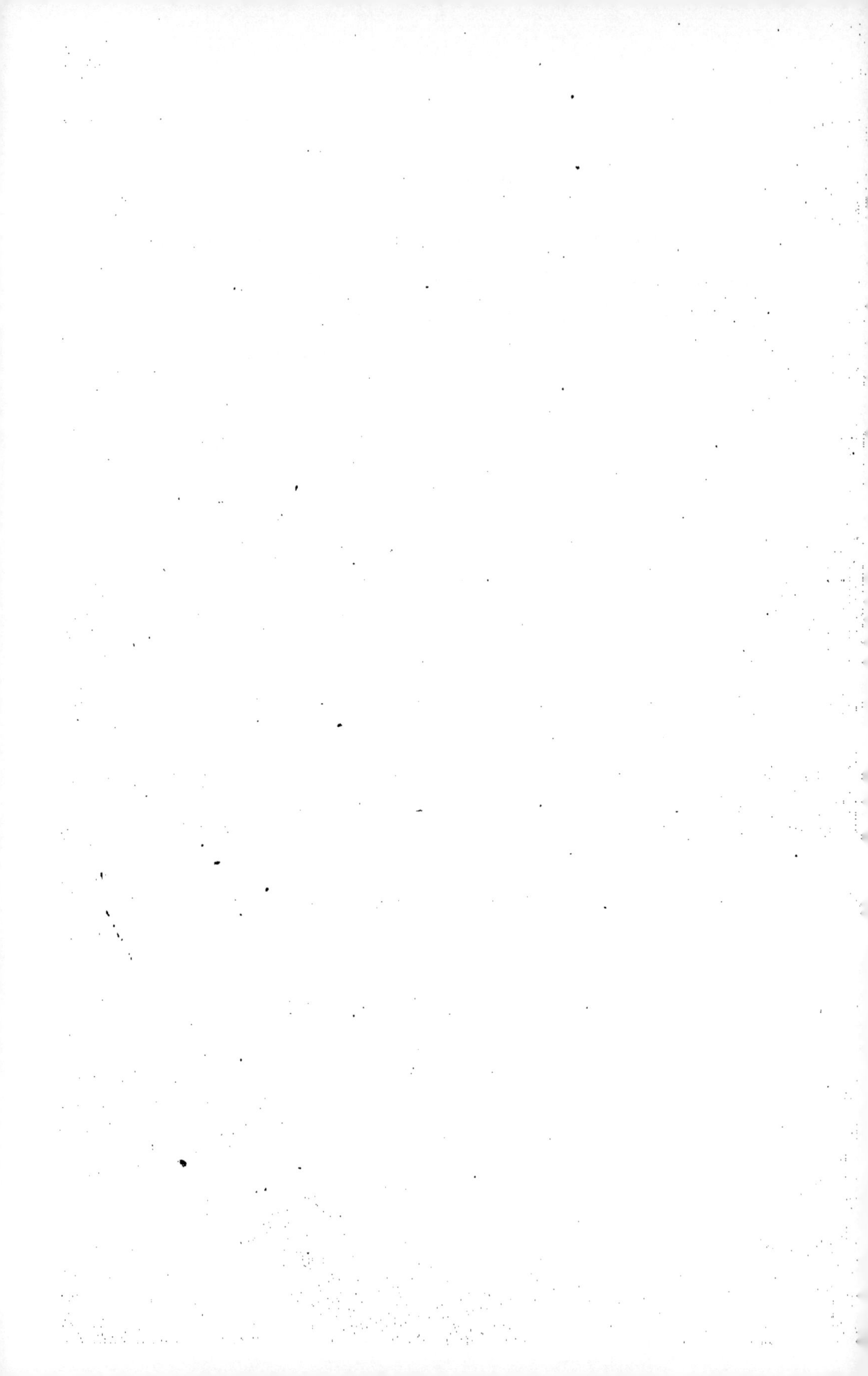

LE BREUIL

A mon ami Julius Grünwald,
du Club alpin italien.

Oh! pays de mon cœur où s'en vont tous mes rêves
Flotter parmi les rocs que dore le soleil,
Dans mon cœur subjugué tes souvenirs soulèvent
Un de ces sains élans qui n'ont pas leur pareil.

Le Cervin, sous mes yeux, dresse sa tête austère
Et les voix du glacier montent jusques à moi,
Et partout j'entrevois la vie et la lumière,
Et ton seul souvenir met mon cœur en émoi.

A tes pieds je revois l'aimable Valtournanche.
Tandis que, dans l'azur plongeant ses rocs hardis,
Surgit la Grivola, sur le Valsavaranche,
Là-bas, dans le lointain, près du Grand Paradis.

Et partout j'entrevois la lumière et la vie,
Partout le pâturage est émaillé de fleurs ;
Heureux, je te retrouve et mon âme ravie
Sent que rester ici vaudrait mieux qu'être ailleurs.

LE LAC DE LUGANO

Ce lac paisible où le ciel bleu se mire,
Brillant reflet des plus beaux horizons,
Où semble errer un éternel sourire,
Courant de l'onde aux riches floraisons ;

Ce flot mourant qui doucement murmure
Un chant bien doux porté par le zéphyr,
Qui, vers le soir, quand s'endort la nature,
Reflète encore un beau ciel de saphir ;

Ce bruit que font et la vague et la rame
Du frêle esquif voguant en plein azur,
Ce chant joyeux du pêcheur qui proclame
Qu'il est heureux dans son canot obscur ;

Toutes ces voix qu'une douce harmonie
Semblait unir et pousser à chanter
Quand, sur ces bords, un bienfaisant génie
M'a, pour un jour, permis de m'arrêter,

Je les entends ce soir, plongé dans l'ombre,
Quand le vent siffle et que l'hiver rugit ;
Et sur ces flots passe alors, comme une ombre,
La Muse qui s'approche et me sourit.

RONCO

Lac Majeur

A Emilio Balli.

Là-haut, sur le rocher qui domine la rive
Et qui plonge ses pieds dans les flots toujours bleus,
Une cloche a tinté dont le son me captive,
Un éclair a brillé qui fascine mes yeux.

C'est Ronco, m'a-t-on dit, le pays des artistes
Où chaque enfant qui naît se voue à l'idéal,
Où, sous le gai soleil, on voit briller les cistes,
Où, du rocher jaillit un torrent de cristal.

C'est un nid de verdure à l'abri des tempêtes,
Un asile de paix où l'on vit près du ciel;
Un coin béni de Dieu, recherché des poètes,
Où, je ne sais comment, l'amour est éternel.

— Oh ! Ronco, ton nom seul sous mes yeux fait éclore
Tout un monde éclatant de parfums et de fleurs ;
C'est un poème intense et son rythme sonore
Berce encor mon esprit et tarirait mes pleurs.

EN ITALIE

A mon fils Robert.

— Italie au ciel bleu, j'aime tes harmonies,
Leurs accents pénétrants ont tari bien des pleurs,
J'aime tes lacs heureux dont les rives bénies
Reflètent à l'envi les palais et les fleurs.

J'aime à courir tes monts, tes vallons et tes plaines,
J'aime la mer d'azur qui ceint ton svelte corps,
Tes antiques cités, tranquilles et sereines
Où l'esprit et le cœur trouvent des réconforts.

De la docte Bologne à Palerme la belle,
De l'antique Messine à l'Aoste de César,
De Turin la superbe à Naples l'immortelle,
De Venise à Capri, d'Ancône au Fort de Bard,

Du dôme de Milan que sa richesse encombre,
Jusqu'à la Rome antique où s'abîment les temps,
Tout parle de ta gloire et des talents sans nombre
Dont l'art enrichissait l'âme de tes enfants.

J'aime à voir tes grandeurs jeunes ou ruinées,
A contempler, muet, les temples d'autrefois ;
J'aime ton doux langage aux formes affinées
Qui, toujours, en mon cœur, provoque un doux émoi.

Italie au beau ciel, je t'aime avec tendresse,
Je t'aimerai toujours quoi qu'il puisse advenir ;
Ton passé restera ton titre de noblesse
Et ton astre luira dans un long avenir.

EXCELSIOR

A mon ami

Frank Thomas.

Frères, excelsior! la montagne s'éveille,
La neige a disparu, brillantes sont les fleurs ;
Montons à l'alpe aimée où l'aurore est vermeille,
Où scintillent les feux des plus riches couleurs.

Voyageur, en avant! Monte où la fleur t'appelle,
Sur les plus hauts sommets, va respirer l'air pur ;
Des cèdres de nos monts, la voix est solennelle
Et ses accents profonds s'envolent vers l'azur.

Trève à tous les ennuis qui montent de la terre,
Trève à tous les soucis qui ternissent tes jours ;
La montagne recèle en son domaine austère
Des trésors de bonheur et de saintes amours.

La joie est dans la fleur qui sourit à l'aurore
Et dans le papillon qui butine gaîment ;
Elle est dans les troupeaux dont la cloche sonore
Aux vents des grands sommets jette son tintement.

Heureux celui que l'alpe appelle en son domaine,
Qui l'aime et la comprend, et qui vibre à sa voix ;
Quelque chose de grand nous manque dans la plaine,
C'est vers les hauts sommets que s'en va notre choix.

Ne restons pas fixés à cette plage aride
Où rien ne satisfait notre cœur agité ;
Montons vers le ciel pur dont notre âme est avide
Et qu'elle a pressenti dans sa captivité.

L'AUTOMNE

Au marquis de Partz.

Ils ont cessé le long des rives,
Les chants joyeux des vendangeurs,
Et le long des chemins, les grives,
Seules, font retentir les leurs.

Dans les forêts, parmi les branches,
On entend le vent qui mugit,
Et déjà les cimes sont blanches ;
C'est l'automne et la sombre nuit.

C'est l'automne, et dans la nature
On sent la sève qui s'endort ;
Et partout on voit la verdure
Se changer en un tapis d'or.

L'érable prend la teinte pourpre,
Le cerisier passe au carmin,
L'alisier rougit et s'empourpre,
Et le long du triste chemin

On voit tomber, l'une après l'autre,
Les feuilles des bois d'alentour,
Et dans leur tapis d'or se vautre
Le spectre hideux d'un vautour.

C'est la mort qui s'abat, avide,
Sur les champs et sur les jardins;
Elle avance du pas rapide
Et sournois des grands assassins.

Mais, tandis qu'elle se prépare
A faucher sa moisson d'un jour,
J'entends une alerte fanfare
Du printemps sonner le retour.

# AU LAC DU BOURGET

A M. et Mme John Bellingham.

— Oh! beau lac du Bourget, combien tes harmonies
En leurs accents profonds m'ont toujours subjugué!
Combien ton champ d'azur et tes rives bénies
Ont souvent restauré mon esprit fatigué!

Voici le haut Tresserve où sommeillent dans l'ombre
La Trouvaille et son monde à l'accueil bienveillant,
Tresserve aux beaux jardins où les fleurs sont sans nombre
Et tombent en gradins jusqu'au lac scintillant.

Voici les gazons ras semés de pâquerettes
Souriant aux passants le long des sentiers verts,
Voici l'étang serein qu'effleurent les mouettes
Et qu'émaillent les fleurs des nénuphars ouverts.

— Reste pur, ô beau lac, à travers tous les âges,
Dors calme et toujours bleu dans ton berceau de fleurs,
Puisse le bon Génie habitant tes bocages
Eloigner de tes bords et le deuil et les pleurs.

POUR LE SANATORIUM

A l'amie de ma mère,
Mlle Adèle de Rougemont.

Vous tous, heureux et forts, gens sains et pleins de vie,
Songez aux malheureux qui souffrent ici-bas,
A ceux dont l'existence est sans cesse asservie,
A ceux dont la douleur arrête chaque pas.

Voyez le ver rongeur qui dévore et décharne
Tant de pauvres humains qu'on coudoie en passant;
Voyez le sombre mal qui travaille et s'acharne
Chez tant de malheureux au regard languissant.

Contre le mal caché qui tourmente et qui mine,
Unissons nos efforts, tâchons de réagir;
Que celui qui sent battre un cœur dans sa poitrine
Vienne à nous pour aider à panser et guérir.

Donnons tous largement et sortons de nous-mêmes;
Aimons et soulageons tant d'êtres malheureux;
Et Celui qui nous voit des demeures suprêmes
Répandra ses bienfaits sur les cœurs généreux.

TABLE DES MATIÈRES

	Pages.
Fleur des Alpes	7
Le Sabot de Vénus	11
Gentiana verna	13
Fleurs d'été	15
Au Pavot des Alpes	17
Pyrola uniflora	19
Au Bouleau nain	21
La Soldanelle	23
Linnæa borealis	27
Le Ciste blanc	29
Plus de fleurs	31
Dans les eaux d'Yverdon	33
Le Colchique	37
Haies d'hiver	39
La Rose de Noël	41
La Dryade	43
Le Daphné du Marchairuz	45
Les Orchis	47

	Pages.
L'Anémone d'or	49
Fleurs du Tessin	51
Le Jardin du Petit-St-Bernard	53
Le vieil Arole	57
Les Arbres	61
L'Erable de Trons	63
Les Plaisirs d'un alpiniste	65
Le Glacier d'Aletsch	69
Ascensions d'hiver	71
Le Cervin	73
Heureuse Suisse	75
Mon Lac	77
Souvenirs valdotains	81
A Othon de Grandson	85
L'*Angelus*	89
Le Breuil	93
Le Lac de Lugano	95
Ronco	97
En Italie	99
Excelsior	101
L'Automne	103
Au Lac du Bourget	105
Pour le Sanatorium	107

OUVRAGES DU MÊME AUTEUR

Les Plantes des Alpes. Genève, 1885. *(Epuisé.)*

Les Fougères rustiques. 45 gravures . . . . Fr. 5 —.

Les Orchidées rustiques (résistant en pleine terre l'hiver).
Ouvrage de 250 p., illustré de 34 gravures. Fr. 4 —

Flore coloriée de poche à l'usage du touriste dans les
montagnes de la Suisse, de la Savoie, du Dauphiné et
des Pyrénées. Un volume de 160 pages de texte avec
environ 188 figures coloriées, dans le texte même, repré-
sentant les plantes de montagnes les plus répandues.
Ouvrage d'un format facile à mettre en poche, carton-
nage souple avec coins arrondis . . . . . Fr. 6 50

Les Plantes alpines et de rocaille, leur culture et leur
acclimatation dans nos jardins. Un volume relié toile,
de 200 pages, avec plusieurs illustrations. Fr. 2 50

**Les Fougères de pleine terre, les Prêles, Lycopodes et
Sélaginelles rustiques.** Un volume relié toile, 140 pages,
avec illustrations . . . . Fr. 2 50

Le Jardin de l'herboriste. Nouvelle édition avec index
complet. Culture des plantes officinales de nos pays
et leur usage dans les différentes maladies. 280 pages,
112 figures . . . . Fr. 3 50

**Album des Orchidées de l'Europe centrale et septen-
trionale.** C'est une collection de 60 planches coloriées,
avec 60 pages de texte contenant la description des
espèces représentées, des détails sur leur fécondation
par les insectes, sur leur histoire, leur géographie bota-
nique et leur culture dans nos jardins . . . Fr. 20 —

Atlas de la Flore alpine. Edition française. 500 pages
coloriées en 5 volumes et 1 volume de texte. Fr. 75 —

W. KÜNDIG & FILS. — GENÈVE.